Anna KADABRA

Madame Prune

Es mi maestra y la jefa de nuestro club. Parece un poco anticuada, ¡pero está aún más chiflada que nosotros!

Marcus Pocus

Mi mejor amigo, aunque a su cuervo no le caigo tan bien. Su magia es verde y le encantan las bromas y los planes absurdos.

Ángela Sésamo

Única en su especie, como su sapo. Tiene magia violeta y adora los cómics, los videojuegos y sentirse diferente cada día.

Oliver Dark

Aléjate de este mocoso. Quiere ser como su bisabuelo, el cazabrujas más famoso de Moonville. ¡Pues que intente pillarnos!

Anna Kadabra

¡Esta soy yo, con mi gato y mi magia arcoíris! Gracias a ella puedo resolver un montón de líos… y meterme en otros aún más gordos.

Sarah Kazam

Es la mayor de la pandilla, la mejor alumna… y la más mandona. Tiene magia amarilla y una cursi murciélaga como mascota.

Desfiladero Fantasma

Carretera a la ciudad

Coco y Chocolate

Cuartel de los Cazabrujas

Faro de las Tormentas

Escuela de Moonville

Moonville

Las Cuevas Gemelas

Pozo de las Hadas

Granja de Mac Moon

Mansión Encantada

Casa de Anna Kadabra

Pantano Monstruoso

Abuelo Castaño

DESTINO INFANTIL Y JUVENIL, 2021
infoinfantilyjuvenil@planeta.es
www.planetadelibrosinfantilyjuvenil.com
www.planetadelibros.com
Editado por Editorial Planeta, S. A.

© del texto, Pedro Mañas, 2021
© de las ilustraciones, David Sierra Listón, 2021
Diseño y maquetación: Endoradisseny
© Editorial Planeta, S. A., 2021
Avda. Diagonal, 662-664, 08034 Barcelona
Primera edición: septiembre de 2021
Quinta impresión: octubre de 2022
ISBN: 978-84-08-24556-8
Depósito legal: B. 11.312-2021
Impreso en España - *Printed in Spain*

El papel utilizado para la impresión de este libro está calificado como papel ecológico y procede de bosques gestionados de manera sostenible.

No se permite la reproducción total o parcial de este libro, ni su incorporación a un sistema informático, ni su transmisión en cualquier forma o por cualquier medio, sea este electrónico, mecánico, por fotocopia, por grabación u otros métodos, sin el permiso previo y por escrito del editor. La infracción de los derechos mencionados puede ser constitutiva de delito contra la propiedad intelectual (Art. 270 y siguientes del Código Penal).
Diríjase a CEDRO (Centro Español de Derechos Reprográficos) si necesita fotocopiar o escanear algún fragmento de esta obra. Puede contactar con CEDRO a través de la web www.conlicencia.com o por teléfono en el 91 702 19 70 / 93 272 04 47.

Anna KADABRA

El secreto del bosque

DESTINO

¿Tienes listo el equipaje?

Uf, has llegado por los pelos.

Un segundo más y hubieras encontrado el libro en blanco. Apenas habrías podido ver nuestro tren desaparecer entre las páginas. Y a mí decirte adiós desde la última hoja.

Menos mal que ya estás a bordo. Espero que hayas traído tu varita y el cepillo de dientes. Los necesitarás porque esta historia comienza…

¡el mismo día en que todos nos fuimos de vacaciones!

Siéntate con nosotros al fondo del vagón y te lo explicaré todo desde el principio.

El verano tocaba a su fin y los campos de Moonville se iban poniendo cada vez más verdes. Mis amigos y yo, en cambio, nos poníamos cada vez más mustios: solo quedaban diez días para que empezara el curso. ¡Y por partida doble!

Es lo que tiene ser bruja. Por las mañanas voy a la escuela para aprender cosas normales, y por la noche estudio magia en una mansión encantada.

Con tanta clase me hago unos líos tremendos. A veces me sacan a la pizarra a recitar un conjuro, y en su lugar recito la tabla del siete. En un examen de historia escribí que Cristóbal

Colón usó el hechizo *Levantaculos Cósmico* para llegar a América. Qué vergüenza.

¡Menos mal que mi profesora, Madame Prune, es la misma en ambas clases!

El caso es que necesitaba unas buenas vacaciones para relajarme. El resto de los aprendices de mi club mágico ya habían disfrutado las suyas.

Marcus Pocus las pasó con su padre en la gran ciudad. A Sarah Kazam la enviaron a esquiar a las montañas. Ángela Sésamo estuvo un mes entero enviándonos fotos desde la playa. En todas llevaba aletas de buzo y gorro de esquimal. No me preguntes por qué.

—Y nosotros, ¿cuándo nos vamos? —pregunté a mis padres, aburrida y sofocada.

—Lo siento, Anna —suspiró papá—. Hemos gastado todos nuestros ahorros en poner la pastelería. Me temo que este año no hay dinero para viajes ni hoteles.

—Siempre puedes ir a refrescarte al río —añadió mamá—. O al Pantano Monstruoso.

Sí, claro. También podía meter los pies en un caldero, pero no era lo mismo. Muy triste, subí a mi habitación. Allí pasé la tarde rebozándome por la alfombra con mi gato Cosmo.

Cuando mis padres subieron a verme, apenas se nos podía distinguir al uno del otro.

—Lo hemos pensado un poco —suspiraron—,

y quizá tú sí puedas ir de vacaciones. Verás, hay una oferta para un campamento en el bosque. Se llama Alegres Ardillas, ¿qué tal te suena?

¿Un campamento en el bosque? ¡Por mí, como si se llamaba Mapaches Pochos!

Cinco segundos más tarde ya estaba haciendo la maleta.

Viaje en batidora

1

Lo mejor no fue que me dejaran ir al campamento.

¡Lo mejor es que todos mis amigos se apuntaron de cabeza! Sería un modo genial de aprovechar juntos los últimos días de verano.

Aquella mañana, Marcus y Sarah subieron conmigo al tren. Escogimos tres asientos juntos en el último vagón. Luego, el vehículo echó a rodar y nuestros padres se fueron haciendo pequeños por la ventanilla.

—¡Adiós! —gritaban—. ¡Portaos bien y no os levantéis del asiento hasta que lleguéis!

Eso era difícil, porque el tren daba tales botes que por poco salimos volando. Más que un tren, parecía una batidora con ruedas. Estaba forrado de madera, como los de las películas antiguas.

—Deberíamos haber viajado en gato —resoplé, acariciando a Cosmo.

No es que quisiera cabalgarlo como si fuera un poni. Es que es mágico y tiene el poder de teletransportarnos. Siempre que no esté durmiendo, claro. Aquel día roncaba sobre un asiento junto a la murciélaga de Sarah y el cuervo de Marcus.

—Bah —sonrió Marcus, y se arrellanó en su asiento—. A mí me encanta viajar al estilo clásico.

—Pues Ángela ha preferido ir en coche —comenté—. ¿Tú sabes por qué, Sarah?

—No. —Sarah se apretó las trenzas—. Solo me dijo que, a última hora, su abuela había decidido llevarla ella misma hasta el campamento. Me mandó un mensaje flotante por el retrete.

Era típico de Ángela usar el retrete como si fuera un teléfono. Y también era típico de su abuela llevarla en coche. Ángela dice que es una «yaya motorizada».

Miré por la ventanilla. Estábamos dejando atrás los últimos tejados de Moonville. La vía de ferrocarril corría entre campos de maíz y girasoles.

Era bonito, pero al rato mi cabeza y mi trasero comenzaron a aburrirse.

Entonces, disimuladamente, saqué mi varita de la mochila. Luego toqué la cabecita de Cosmo y recité por lo bajo:

¡Serás una pegatina flexible, brillante y fina!

La varita hizo clic, como una vieja cámara de fotos.

Luego, de su punta, cayó un adhesivo con la forma del gato.

Aquel era uno de mis últimos conjuros. Lo llamaba *Alucina Pegatinas* y lo usaba para decorar la portada de mi diario mágico. Cada vez tenía más colores, ¡igual que mi magia arcoíris!

A Sarah, en cambio, mi truco no le hizo ni pizca de gracia.

—¡¿Estás loca?! —se enfadó—. ¿Cómo se te ocurre hacer eso delante de todos?

Escondí el diario como pude y miré alrededor. En un asiento había una señora con la cabeza hundida en un libro. En otro, un hombre que roncaba más que la propia locomotora. Y eso era todo.

—Qué exagerada —suspiré—. Podría cruzar el tren volando y ni se darían cuenta.

—¡Eh, qué buena idea! —dijo enseguida Marcus, dispuesto a despegar allí mismo.

—Ni hablar —negó Sarah rápidamente—. Esperad a que lleguemos. En plena naturaleza tendremos libertad de sobra para practicar magia. ¡Incluso podremos repasar para el próximo curso!

Sarah no dejaba de pensar en las clases ni un minuto… pero supongo que tenía razón.

—También podremos hacer conjuros a la luz de la luna —sonreí.

—Y recoger plantas mágicas que no crecen en el pueblo —añadió Sarah.

—Y echar carreras por el cielo del bosque —terminó Marcus.

De pronto me di cuenta de una cosa: ¡Sarah no había traído su escoba voladora! Entre el equipaje solo estaban mi patinete y la bici de Marcus.

—Claro que la he traído —dijo ella con mucho misterio, respondiendo a mi pregunta.

Entonces abrió el bolsillo de su mochila y del interior sacó…

—¡Tu escoba! —exclamé, cogiéndola en mi mano. Era tan pequeña que parecía de juguete.

—He reducido su tamaño con un hechizo encogedor —explicó Sarah con orgullo—. Así puedo llevarla fácilmente a todas partes.

—Mola —dijo Marcus, admirado—. ¿Y ese hechizo funciona también con personas?

Lo de encogernos a nosotros mismos le gustó aún más que lo de volar.

—Ni hablar, solo debe usarse en objetos —negó Sarah—. ¡Mirad, ya llegamos!

Ángela ya estaba esperándonos en la diminuta estación. No me extrañó que llevase una diadema de unicornio. Lo que me extrañó fue que uno de sus bultos estuviera dando saltos por el andén.

Zúper Nino

2

El bulto se nos echó encima en cuanto nos vio bajar del vagón.

¡Pero si era Nino, el hermano pequeño de Ángela!

Aunque se llamaba Alejandro, resultaba un nombre muy grande para un niño tan canijo. Quizá por eso todos lo llamaban Nino. O quizá porque su voz chillona recordaba a una sirena de bomberos: ¡nino, nino, nino…! Una sirena que cambiaba las eses por zetas.

—¡Ya eztáiz aquí! —gritó—. ¡Zúper!

Nino también llevaba una mochila. Pero tan grande que parecía ella la que cargaba con él.

—¿Qué hace tu hermano aquí? —preguntó Sarah con cara de ajo. De ajo pocho.

Ángela quiso responder, pero entonces alguien se levantó del único banco de la estación. Me recordaba mucho a Ángela… solo que unos doscientos años más vieja.

Era su abuela, claro. Quizá como viven juntas han terminado pareciéndose. La anciana, que llevaba gafas y guantes de piloto, sonreía como una gran tortuga.

—¡Chocad esos cinco, ornitorrincos! —exclamó, tendiéndonos la mano.

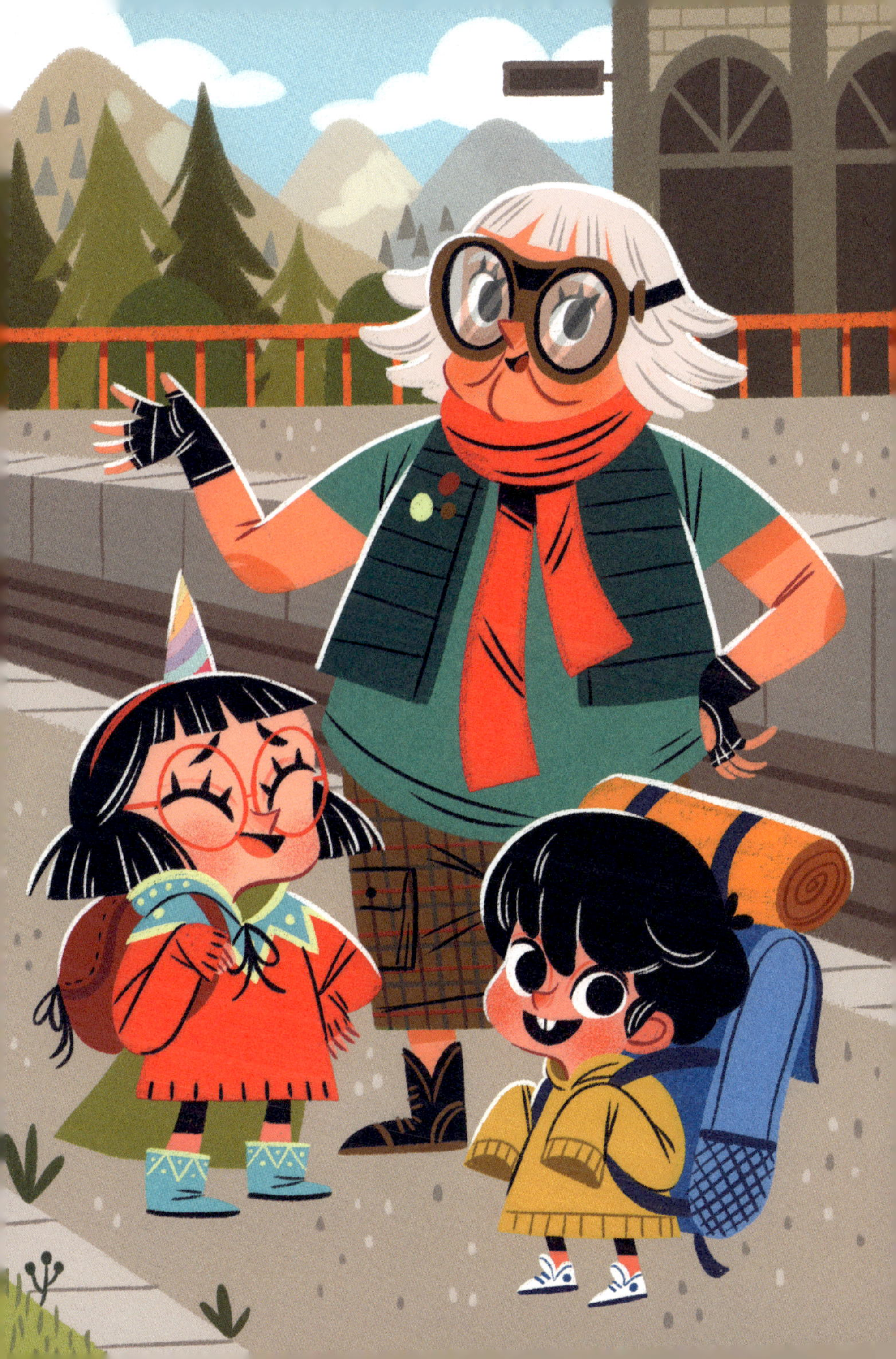

A veces intentaba hablar así, a lo moderno. Le salía regular.

—El campamento está muy cerca de aquí —nos explicó—. Hala, montad en mi carro, que os llevo.

Más que montar, nos encajamos en aquel cochecito amarillo que parecía una lata. Una lata de anchoas, porque íbamos todos apretadísimos.

—¡Abu! —gritó Nino sobre el ruido del motor—. ¡Cuéntalez a todoz la gran noticia!

Él lo llamó «gran noticia», pero yo más bien lo hubiera llamado «gran catástrofe».

—He pensado que Nino pase las vacaciones con vosotros —anunció la anciana, y pegó un volantazo—. Resulta que yo voy a estar ocupadísima… haciendo un curso de paracaidismo.

—Las abuelas corrientes hacen punto —dijo Ángela—. Mi yaya hace paracaidismo.

—Ya he reservado plaza para Nino —añadió la anciana—. ¡Ya veréis, vais a pasarlo cañón!

No estaba yo tan segura. Nino era un buen chico, pero no paraba de meter la nariz en todo. Aquel día también se estaba metiendo el dedo en la nariz.

—¡Zí, abu! —exclamó—. Zerá zúper.

Marcus, Sarah y yo nos miramos con cara de circunstancias.

Al fin, el cochecito derrapó frente a una alta empalizada. Sobre los portones de madera, un cartel anunciaba:

CAMPAMENTO ALEGRES ARDILLAS

Más que ardillas, parecía que detrás de aquella valla tuvieran a King Kong.

Bajamos y tiramos de una campana que colgaba de la entrada. Nino se puso a lloriquear porque no le habíamos dejado llamar a él. Pues empezábamos bien.

Solamente dejó de quejarse cuando los

portones se abrieron de par en par. Por suerte, lo que salió de allí no fue King Kong, ni tampoco una tropa de ardillas.

Solo era un muchacho larguirucho con la cara llena de picaduras. Su ropa de excursionista le iba tan apretada que parecía prestada de su hermano pequeño.

—Soy Ronald —se presentó—, y seré vuestro monitor. ¡Andando, os llevaré a un barracón libre!

El joven sonreía como si no le cupieran los dientes en la boca.

Sin apenas despedirse, la abuela de Ángela pisó el acelerador y desapareció haciendo derrapes. Nosotros seguimos a Ronald hacia el interior del recinto.

El campamento era precioso. Entre árboles

de hojas amarillas iban apareciendo pequeñas cabañas de madera. Los troncos estaban cubiertos de musgo, y los arbustos, de flores. A la orilla de un gran lago se agrupaban los pabellones comunes. Todo estaba en paz.

Repito: «Estaba». Con nosotros cerca, la paz nunca dura mucho.

Bastó con que Nino se alejase un poco para que empezáramos a discutir.

—Pero ¡¿cómo se te ocurre aparecer aquí con tu hermano?! —le preguntó Sarah a Ángela.

—¿Y qué queríais? —Ángela se encogió de hombros—. ¿Que lo metiera en la maleta?

—A mí no me molesta —opinó Marcus—. Parece muy cariñoso.

—Y tan cariñoso —gruñí con fastidio—. Estará pegado a nosotros todo el día.

—Oye —replicó Ángela—. Que no es un chicle.

En aquel momento una vocecilla me sorprendió por la espalda.

—¿Un chicle? ¡Yo quiero chicle! ¡Dadme chicle! ¡El chicle ez zúper!

Yo sí que empezaba a estar zúper: ZÚPER HARTA de aquel mocoso.

—¡Mirad, ahí está vuestra cabaña! —gritó entonces Ronald, señalando hacia delante.

Al hacerlo, una paloma despistada se le hizo caca en el dedo. Qué mala suerte.

Bichos

3

Nino asaltó la cabaña a gritos, como si fuese un castillo enemigo.

—¡Una cazita en medio del bozque! —chillaba—. ¡Y vamoz a vivir juntoz! ¡Zúper!

Gritaba mucho, pero tenía razón: la cabaña era fabulosa. Estaba hecha de tablones y olía a pino y a eucalipto. Un par de amplias ventanas dejaban ver el bosque. Y por una de ellas…

—¡Una ardilla! —sonrió Marcus.

El animalito nos vigilaba con curiosidad, igual que una vecina cotilla.

Nino quiso verla más de cerca. Tan de cerca que… ¡bum! Se estampó contra el cristal. Y claro, la ardilla desapareció como un relámpago rojizo. Qué pena.

—Tranquilos, ya veréis más —nos dijo Ronald—. Las hay por todas partes.

Ahora entendía por qué el campamento se llamaba Alegres Ardillas. Tampoco yo podía evitar estar de mejor humor. Era todo tan bonito que podríamos pasarlo bien… incluso con Nino.

También mis amigos sonreían cuando empezaron a deshacer las mochilas. Menos mal.

Ronald nos dijo que teníamos media hora para descansar. Luego nos vería en el comedor.

—¡Y vigilad por dónde pisáis! —exclamó al despedirse.

Justo después cruzó una mata de ortigas y se marchó dando saltitos de dolor.

—Él sí que debería tener cuidado por dónde pisa —comentó Marcus, acariciando a su cuervo.

—Para trabajar en un campamento, no se le da muy bien el campo —añadí yo.

—Eh, ¿qué cama os pedís? —saltó Ángela.

Fue un poco difícil repartirlas, porque Nino siempre quería la misma: la que no le había tocado a él. Primero quiso dormir junto a la ventana, luego en una esquina y por fin a mi lado.

Yo pensé que era porque me admiraba mucho.

—Ez un truco —me explicó—. Azí, zi entra un monztruo en la cabaña, ze te comerá a ti primero.

A lo mejor no me admiraba tanto. Yo decidí deshacer mi cama por si cambiaba de opinión y se ponía a gritar otra vez. Bueno, pues al levantar la manta, la que gritó fui yo.

—¡¡¡Arañas!!!

Y no era una, ni dos. Una alfombra de patas peludas correteaba por mi colchón.

Quizá a las brujas de los cuentos les gusten las

arañas. A mí no. Cuando en una receta mágica salen arañas secas, prefiero cambiarlas por pasas. No sirven de mucho, pero saben mejor.

—¡En mi cama hay zaltamontez! —gritó Nino, destapando una esquina de su manta.

En la de Sarah aparecieron hormigas. En la de Ángela, lombrices. Marcus encontró en la suya un festival de grillos dando un concierto.

—Dejad que mi sapo se encargue —dijo Ángela, sacando a Globo del bolsillo. Menos mal que ese animal siempre tiene apetito. Rápidamente, Globo fue saltando de cabecero en cabecero dándose un banquete de bichos. ¡No dejaba ni las antenas!

—¿Cómo habrán llegado los insectos ahí debajo? —preguntó Sarah, asqueada.

—Buena pregunta —susurró desde la ventana una vocecilla inesperada.

Inesperada, pero no desconocida. Todos sabíamos quién era el dueño de aquella voz.

—Tú —murmuré, volviéndome hacia él.

Donde antes estaba la ardilla, ahora estaba… ¡Oliver Dark, el abusón de mi cole!

—Bienvenidos —dijo Oliver con su sonrisa torcida—. Os estaba esperando.

Ya es malo encontrar arañas bajo tu manta, pero toparse con el líder de los Cazabrujas es mucho peor. Aunque solo tenga dos patas, es un bicho muy venenoso.

—¿Qué haces aquí? —le preguntó Marcus—. ¿Nos has seguido?

—Más quisieras —replicó el abusón—. Yo estaba aquí antes que vosotros.

—Poniendo bichos en nuestras camas, ¿no? —dijo Sarah, frunciendo el ceño.

—Bueno, es que llevo semanas aburriéndome en este campamento tan cutre —dijo—. Por eso me alegré al ver vuestros nombres en la lista de visitantes. ¡Solo quería daros la bienvenida!

En aquel momento, Oliver reparó en la presencia de Nino.

—Y este crío ¿quién es? —preguntó con descaro.

—El crío lo serás tú —repuso Ángela, rodeando a Nino con el brazo—. Este es mi hermano.

—Y zoy zuperfuerte —le soltó Nino para meterle miedo.

Pero claro, solo le dio risa.

—Es justo lo que os faltaba en el grupo —comentó antes de irse—. Un mocoso entrometido.

Me da rabia reconocerlo, pero por una vez estuve de acuerdo con él.

Lluvia de patatas

4

El bosque entero temblaba, y no precisamente por el viento. Era yo, avanzando a zancadas entre los árboles. Estaba furiosa por la jugarreta de Oliver.

—Tranquila —me dijo Sarah, que es mayor que yo y más calmada—. El campamento es muy grande y Oliver, muy pequeño. Bastará con mantenernos alejados de él.

—Bueno —gruñí—. Supongo que tienes razón.

Pero no la tenía. Lo supimos al llegar al comedor común.

Era un enorme barracón a orillas del lago. Por su cristalera podían verse patos nadando sobre el agua oscura. Desde su lado, los patos veían otra cosa: a un montón de niños abalanzándose sobre fuentes de salchichas y de ensalada de patatas.

Más que un comedor, aquello parecía la guerra.

—¡Vamos, allí hay una mesa libre! —exclamó Marcus, empujándonos.

Enseguida estuvimos todos comiendo a dentelladas. El aire del campo abre el apetito, ¿no te parece?

—Os vais a manchar —nos advirtió Sarah, que masticaba cien mil veces cada bocado.

Pues apenas hubo terminado de decirlo cuando… ¡chof!, algo pringoso aterrizó en su cabeza. Dos hilillos de mayonesa le resbalaron por las trenzas.

—Toma ya —murmuró Ángela—. Llueven patatas.

Qué bobada, ni siquiera yo conozco un hechizo para hacer eso. Alguien tenía que haber lanzado el proyectil. Y no me hacía falta una bola de cristal para adivinar quién había sido.

Me levanté y vi a Oliver ocultarse tras su bol de ensalada. No estaba solo. Otros seis o siete niños se aguantaban la risa en su misma mesa.

¡Eran ellos los que nos habían lanzado el patatazo, usando una cuchara como catapulta!

«Oh, no —pensé—, Oliver se ha buscado una pandilla de verano.»

Y menuda pandilla. A su lado, los Cazabrujas de Moonville parecían ositos de peluche.

—Dejadme a mí —voceó Sarah, que ya no parecía tan calmada—. ¡¡Ronald!!

Tuvo que llamar varias veces al monitor para que la oyera entre tanto griterío.

—¿Qué ocurre, exploradores? —nos preguntó.

Por toda respuesta, Sarah señaló la patata que llevaba por sombrero.

—¡Oh! —Ronald se la quitó con una servilleta—. No te preocupes, a mí me ocurre eso todo el rato.

Luego nos mostró su uniforme, lleno de manchas y churretones.

—¡No! —negó Sarah—. Nos la han tirado. Y también nos han llenado de insectos la cabaña.

—Bah, no exageres —sonrió Ronald—. Es normal encontrar algún bichito en mitad del campo.

Y después se fue tan tranquilo a atender a otra mesa.

A partir de aquel momento, el día no hizo más que empeorar. La pandilla de Oliver parecía estar en todos lados, lista para fastidiarnos con sus bromas.

Mientras nos bañábamos en el lago,

escondieron nuestros zapatos entre los arbustos.

Cuando quisimos ir a remar, nos llenaron la barca de miel.

A la hora de la siesta, empaparon de agua nuestras camas. Fue como dormir abrazada a una medusa.

Volvimos a quejarnos a Ronald, pero lo encontramos ocupado jugando a la pata coja.

Ah, no, es que había pisado una zarza venenosa. ¡Qué mala pata tenía! Y nunca mejor dicho.

—¡Ya verá ese Oliver! —grité, furiosa—. En cuanto se descuide le voy a lanzar un buen conj…

Sentí un codazo de Ángela en la cintura.

—¿Un buen conj? —preguntó Nino.

Maldición. Había olvidado que delante de él no podíamos hacer magia.

—Eh… —titubeé—. Un buen congelado. Eso es. Le lanzaré una bolsa de guisantes congelados.

Vale, lo de disimular mis poderes lo llevo fatal. ¡Es que soy bruja y no actriz de cine!

La única solución era buscar un lugar donde Oliver no pudiera molestarnos.

Encontramos un escondite junto al lago, al abrigo de un enorme sauce. Atardecía y nos recostamos en su tronco a descansar un rato. Bajo su cúpula verde correteaban docenas de ardillas.

—Esa me recuerda a Madame Prune —dijo Ángela, y por primera vez en toda la tarde me eché a reír. La ardilla a la que se refería era rubia desde el hocico hasta la cola. Tanto que casi parecía dorada. Aunque estaba un poco rechoncha, hacía bonitas acrobacias.

—Caray —suspiró Marcus, ofreciéndole una nuez—. Me pasaría horas viéndola saltar.

Y, sin embargo, su espectáculo estaba a punto de terminar.

La ardilla dio unos pasitos hacia nosotros. De pronto, una red oculta en la hierba se cerró sobre ella con un chasquido. ¡Había quedado prisionera!

Metepatas

Espantados, los demás animales se dispersaron en todas direcciones.

—¿Qué ha sido eso? —preguntó Marcus, con la nuez todavía en la mano.

—Eso ha sido que nuestra trampa ha funcionado —rio alguien tras la espesura.

La cortina de ramas se agitó, y detrás aparecieron… Oliver y sus amigos.

—Llevábamos días intentando cazarla —sonrió el abusón—. ¡Y nos habéis traído suerte!

Una chica del grupo llegó arrastrando una enorme pajarera. Al meterla en la jaula, la ardilla chilló con horror. Sus ojillos negros brillaban aún más que su pelaje. Cuando me miró con ellos sentí como si me hubieran encerrado a mí.

Entonces Sarah se adelantó, tan enfadada que le temblaban las trenzas.

—Está prohibido capturar animales del bosque —masculló—. Debéis soltarla ahora.

—¿Soltarla? —replicó Oliver—. Ja. La hemos cazado y ahora es nuestra mascota.

—Yo creí que la mascota eras tú —le soltó Ángela.

—¿Quieres acabar en una jaula tú también? —replicó él, apretando los puños.

—Tranquilos —dijo Marcus—. Mantengamos la calma, ¿vale?

Desgraciadamente, parece ser que uno de nosotros no conocía el significado de la palabra «calma».

—¡Apartaoz! —oí a mi espalda—. ¡Yo rezcataré a eza ardilla!

Oh, no. Nino había decidido hacerse el «zuperhéroe».

La fortachona que vigilaba a la ardilla no se acobardó al verlo. Esperó a que el mocoso se abalanzara sobre ella… y luego ¡zas! retiró la jaula en el momento justo.

Nino intentó frenar, pero perdió el equilibrio y cayó rodando.

Lo bueno es que al llegar a la orilla del lago no pudo rodar más. Lo malo es que terminó rebozado de barro hasta las orejas. Parecía una albóndiga con peluquín.

Riendo a más no poder, Oliver y los suyos se largaron con la ardilla. Si llego a tener la varita en la mano, los convierto en merluzas. Y congeladas.

Todavía pudimos oír sus carcajadas resonando un buen rato entre los árboles. Aunque por desgracia no podían ocultar los chillidos de la ardilla.

Aquella noche, vimos el cielo cubrirse de nubes desde la cabaña. Relámpagos lejanos pintaban de violeta las montañas. El bosque se puso negro como el fondo de un caldero.

Claro que nuestros ánimos estaban aún más tristes y oscuros.

Nino se cambió su ropa sucia por el pijama. ¡Ahora solo faltaba que se durmiera!

—Ze va a enterar eze Oliver… Cuando lo coja… —repetía.

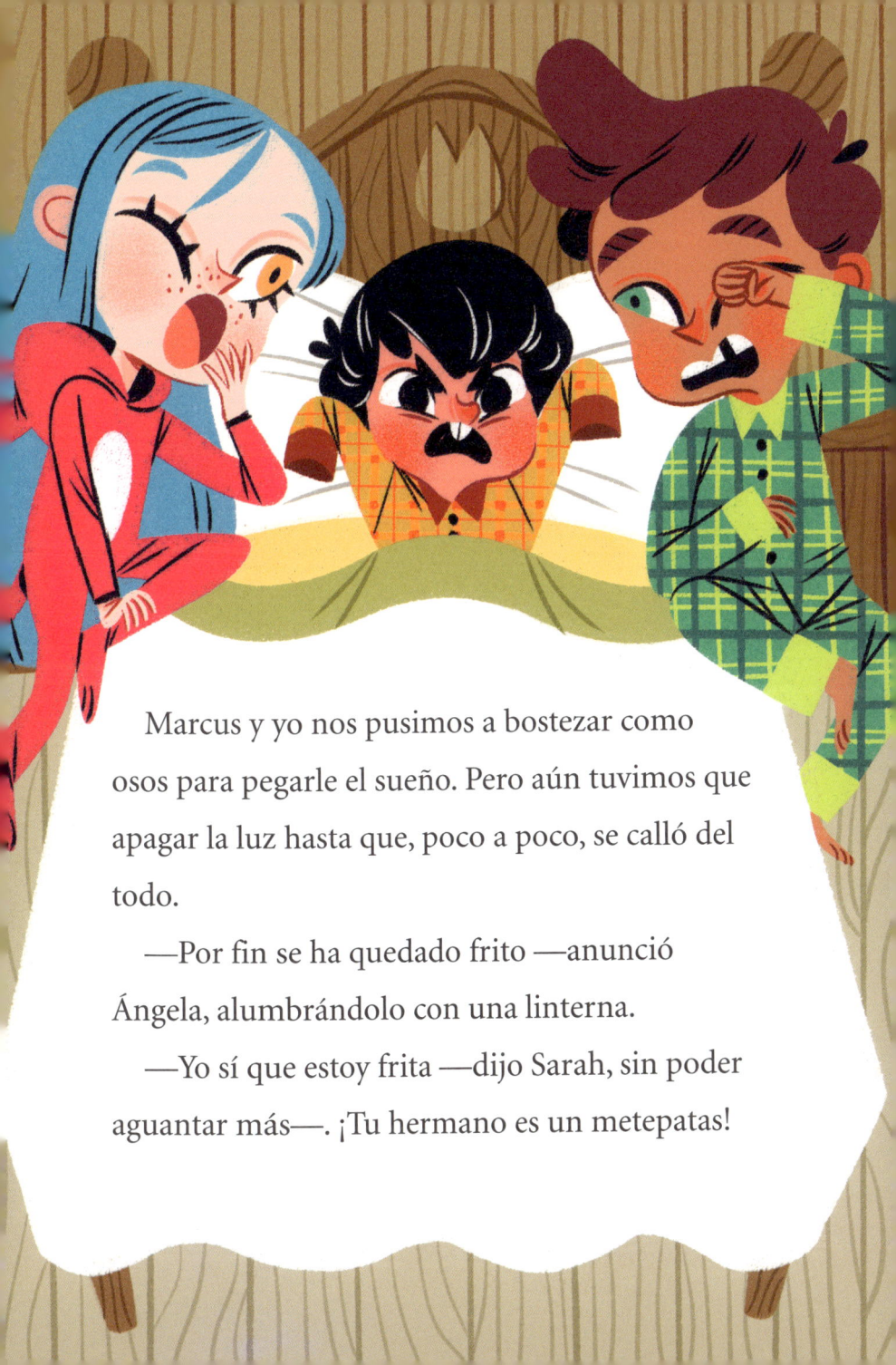

Marcus y yo nos pusimos a bostezar como osos para pegarle el sueño. Pero aún tuvimos que apagar la luz hasta que, poco a poco, se calló del todo.

—Por fin se ha quedado frito —anunció Ángela, alumbrándolo con una linterna.

—Yo sí que estoy frita —dijo Sarah, sin poder aguantar más—. ¡Tu hermano es un metepatas!

—Nino solo quiere ayudar —repuso Ángela, encogiéndose de hombros.

—Pues nos ha dejado en ridículo delante de Oliver —añadió Sarah.

—Es un plasta —asentí yo—. ¡Y por su culpa no hemos podido salvar a esa pobre ardilla!

—A mí me cae bien —dijo Marcus—, pero es un rollo vivir sin magia. Creo… Creo que este grupo debería ser solo para brujos.

Entonces, por primera vez en mi vida, vi a Ángela enfadarse. Enfadarse de verdad.

—Muy bien —gruñó desde su cama—. Entonces mañana mismo Nino y yo nos volvemos a casa.

—Nos iremos todos —replicó Sarah—. Viajar juntos ha sido un error.

Nadie dijo ni una palabra más. Cada uno

cogió a su mascota y se encogió bajo la manta. A la mañana siguiente cogeríamos el primer tren de vuelta a Moonville.

Cerré los ojos y apreté a Cosmo contra el pecho para consolarme. ¡Menudas vacaciones tan horribles! Estaba tan triste que creí que no descansaría en toda la noche.

Pues a los tres minutos ya estaba como un leño. Es que no tengo remedio.

Dormí tan profundamente que la noche pareció pasar en un suspiro. Incluso me asusté cuando oí a alguien susurrar en mi oreja: «¡Vamos, Anna, despierta!».

—¡¿Qué?! —gemí—. ¿Ya es hora de hacer la maleta?

Un momento, ¡seguía siendo de noche! De hecho, apenas había pasado una hora. Mis amigos estaban en pie, y tan pálidos que parecían brillar en la oscuridad.

—Es Nino —dijo Ángela, con una linterna en la mano—. Ha desaparecido.

Rescate a medianoche

Entre los cuatro revolvimos la cabaña hasta ponerlo todo del revés. Como cuando papá pierde las zapatillas y mamá le dice que es un desastre y al final las encuentra ella.

La diferencia es que en esta ocasión nadie encontró a Nino.

—Pues no puede haberse evaporado —gruñó su hermana.

A lo mejor había ido a hacer pis y se había colado por el retrete.

Fue entonces cuando se me ocurrió revisar su cama deshecha. Bajo la almohada, además de unos calcetines sucios, había otra cosa: una hoja de papel. Nino había escrito algo encima con una letra espantosa.

—No entiendo ni jota —dijo Ángela, bizqueando tras sus gafas.

Yo traté de descifrar el mensaje alumbrándolo con mi linterna.

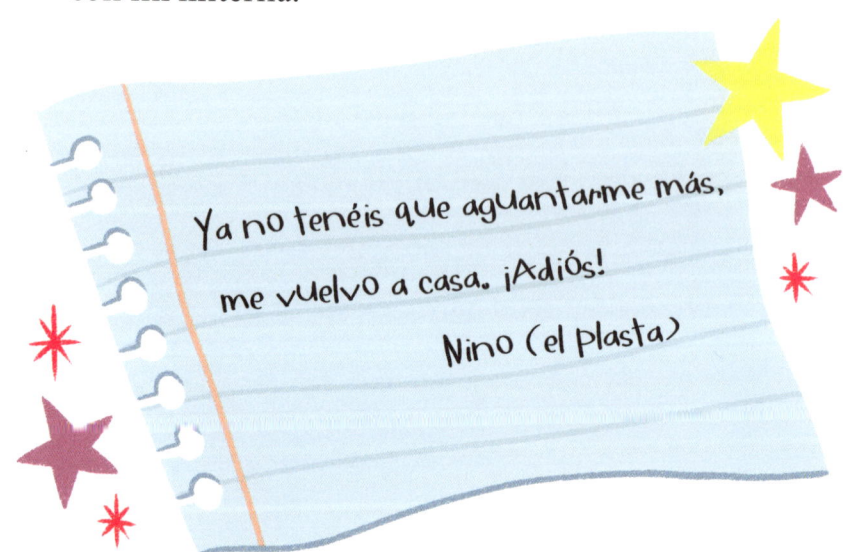

> Ya no tenéis que aguantarme más, me vuelvo a casa. ¡Adiós!
> Nino (el plasta)

—¡Ay, madre! —exclamó Marcus—. Nino solo fingía estar dormido para espiarnos.

O sea, que había escuchado todo lo que habíamos dicho de él.

—Entonces ¿se ha escapado por culpa nuestra? —preguntó Sarah con un hilillo de voz.

—Esperad —dije, tragando saliva—. La carta tiene una posdata.

> P. D.: Sois todos unos brujos pirujos.

No pude evitar leerlo como lo hubiera dicho Nino: «Brujoz pirujoz». Un relámpago iluminó las sombras de la cabaña. Todos nos miramos bajo su resplandor violeta.

Las cosas se complicaban. Nino no solo se había largado. Ahora también sabía que teníamos magia. Seguramente a estas alturas todo el bosque se habría enterado.

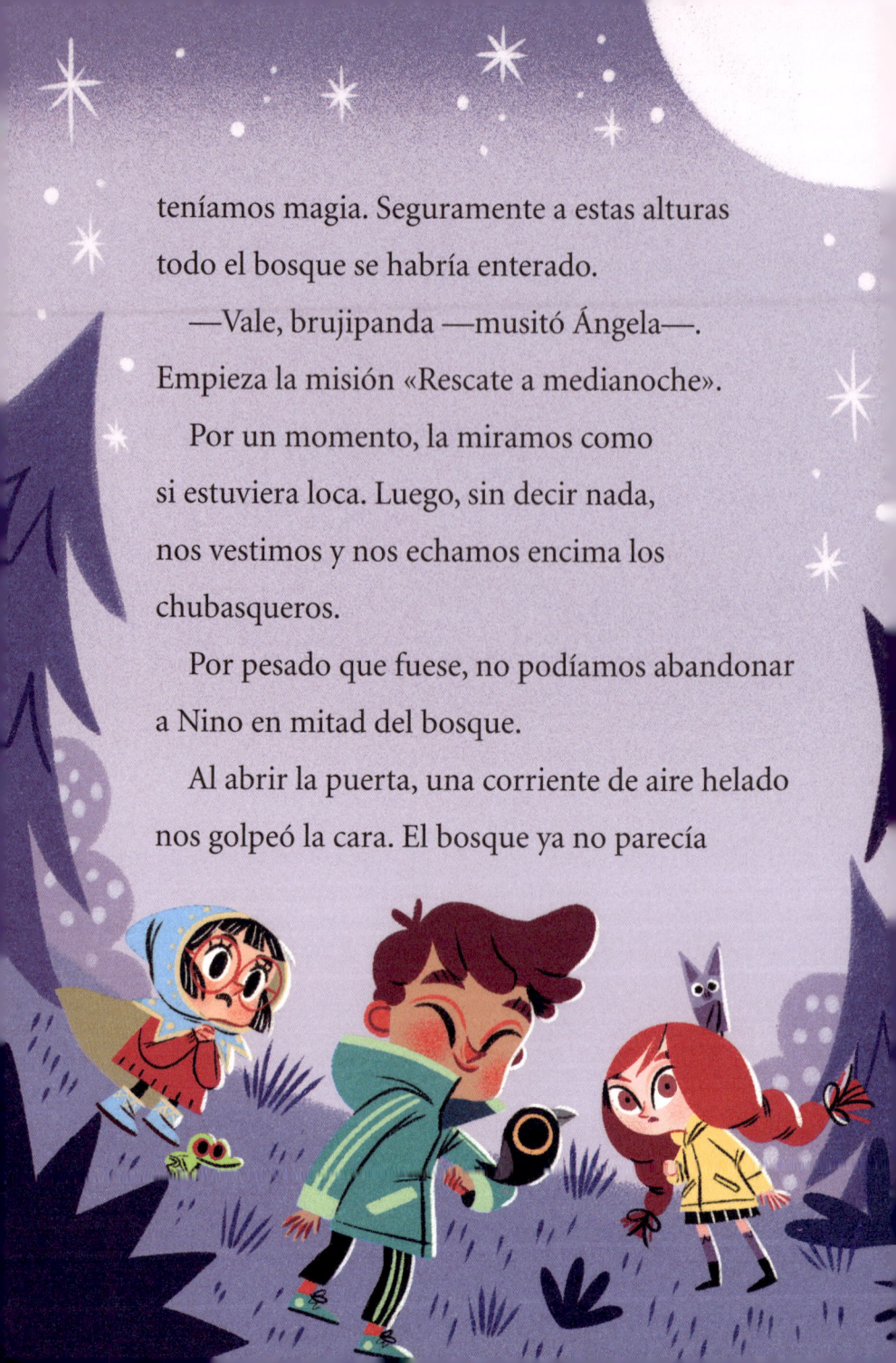

—Vale, brujipanda —musitó Ángela—. Empieza la misión «Rescate a medianoche».

Por un momento, la miramos como si estuviera loca. Luego, sin decir nada, nos vestimos y nos echamos encima los chubasqueros.

Por pesado que fuese, no podíamos abandonar a Nino en mitad del bosque.

Al abrir la puerta, una corriente de aire helado nos golpeó la cara. El bosque ya no parecía bonito ni amigable, sino negro y tenebroso. Nuestras mascotas temblaron de frío.

Solo había una cosa buena: ¡por fin podíamos volver a hacer magia!

Nada más recitar el hechizo, mi varita se encendió y alumbró las sombras del bosque.

Hay siete días en la semana ¡y siete colores dentro de Anna!

—Y ahora, ¿por dónde? —titubeé. Todos los caminos me parecían iguales.

«Croac, croac», oí que alguien contestaba a mis pies.

Allí estaba Globo, saltando sobre unas pequeñas huellas impresas en la tierra húmeda. ¡Era el rastro que había dejado Nino al escapar!

—Estamos sobre la pista —dijo Marcus.

Echamos a andar todos juntos, igual que un rebaño de ovejas. Aunque solo fuera para darnos calor, no pude evitar alegrarme. ¡El Club de la Luna Llena volvía a estar unido!

Y menos mal, porque si llego a ir yo sola me da algo.

En ninguna cabaña había luz, así que aquello tenía toda la pinta de un campamento fantasma. Tampoco soplaba ya el viento, pero en su lugar se percibía algo mucho peor: un silencio extraño y amenazante.

—¿Lo notas? —susurré a Marcus—. Parece como si el bosque entero nos estuviera vigilando.

—No digas cosas raras, Anna —me animó él—. Al bosque no le pasa nad… ¡ay!

Un búho acababa de pasarle tan cerca que casi le deja sin flequillo. Qué raro.

Y más raro fue cuando Ángela tropezó con una raíz que pareció salir de la nada.

O cuando una rama azotó de repente las mejillas de Sarah, haciéndole un arañazo.

—¿Crees que el bosque está enfadado con nosotros? —pregunté a Cosmo.

—Miau —respondió el gato. No supe si quería decir «sí», «no» o «suéltame que me estás espachurrando».

Al fin, las huellas de Nino nos condujeron hasta un lugar conocido: ¡el sauce de las ardillas! Junto a su tronco terminaban las marcas de sus pisadas.

Y cuando digo que terminaban, quiero decir que terminaban. Del todo.

—Parece que Nino se resguardó aquí —opinó Sarah—. Pero ¿cómo se ha ido sin dejar ni rastro?

Mira que si al final resultaba que el mocoso también tenía poderes…

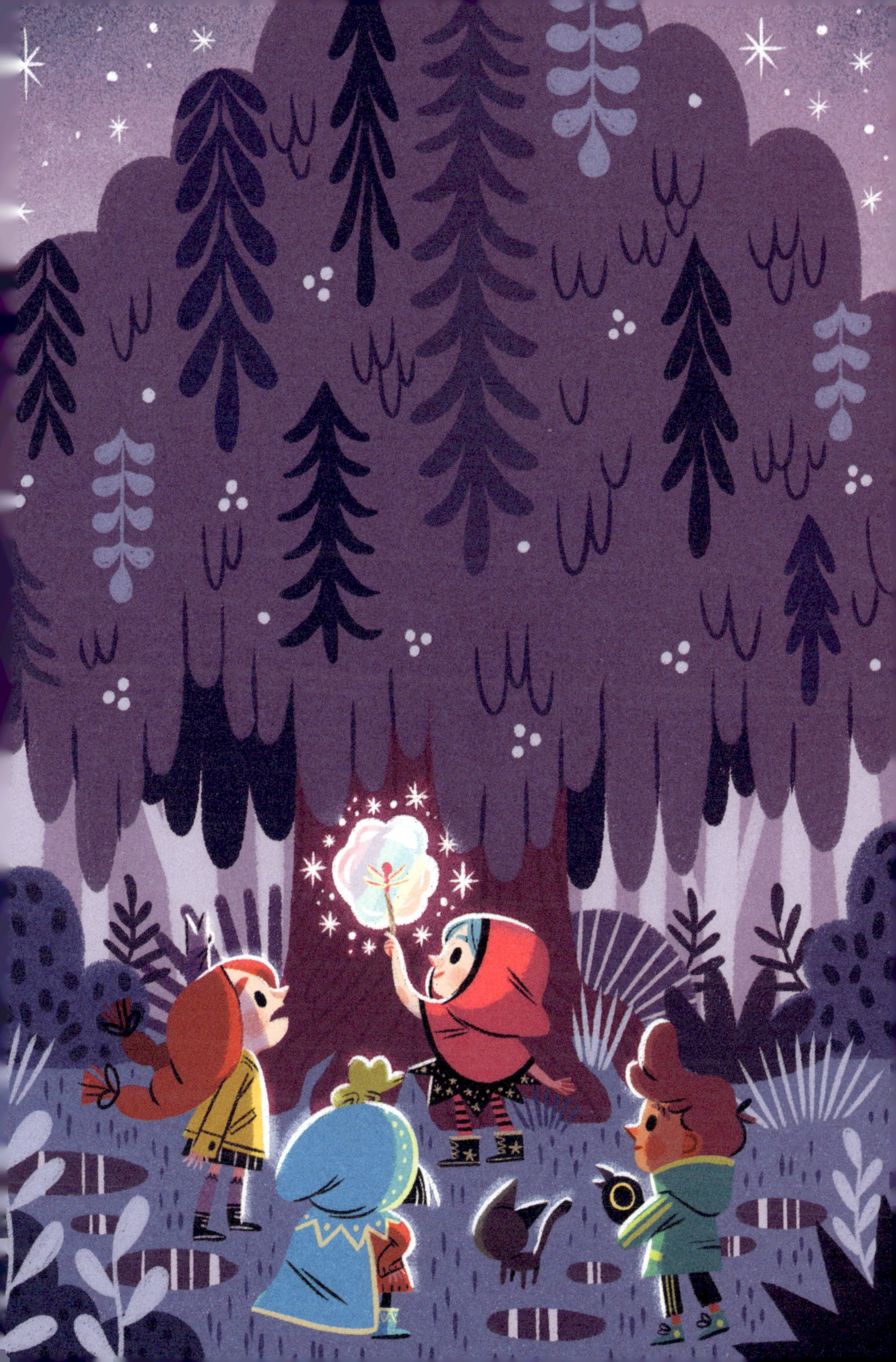

Brujos de bolsillo

7

Menos mal que Marcus había recogido otra pista en la cabaña.

Una pista muy apestosa que en aquel momento sacó del bolsillo de su chubasquero.

—Puaj —dijo Ángela—. ¿Uno de los calcetines de mi hermano?

Con una sonrisita, Marcus ofreció la prenda a su cuervo. Mr. Rayo pareció mirarlo con disgusto. Normal. Olía como si, en vez de un pie, hubiera llevado dentro un queso camembert.

Por suerte, el poder rastreador de Mr. Rayo es tan grande como su mal humor. Después de olfatearlo, el ave despegó y planeó alrededor del sauce.

El rastro lo llevó hasta unos matorrales que crecían junto al tronco.

—¡Mirad! —dije yo, iluminando el lugar con mi varita.

Allí, tras la maleza, había algo curioso. Una cuevecilla que se abría entre las raíces retorcidas del árbol y que se hundía en la tierra.

—Es solo una madriguera de conejos —resopló Sarah.

Mr. Rayo graznó, como insistiendo en que debíamos buscar en aquel agujero.

Sí, pero ¿cómo? Tal vez el canijo de Nino se hubiese colado allí dentro, pero nosotros éramos demasiado grandes para entrar.

Un momento… ¿demasiado grandes?

—Bueno —dije, carraspeando—. Sarah tiene un hechizo que podría servirnos.

—¿Yo? —se sorprendió mi amiga—. ¿Cuál?

Al decírselo creo que hasta las trenzas se le pusieron de punta.

—¡¡¿Mi hechizo encogedor?!! —exclamó—. Estarás de broma. ¡Madame Prune me advirtió que no lo probase en humanos! Ni siquiera sé si podré deshacer luego sus efectos.

—Por mí, como si me quedo para siempre igual que mi sapo —replicó Ángela.

Resignada, Sarah nos apuntó a todos con su varita. Como si fuera a sacarnos un selfi.

—De acuerdo —suspiró—. ¿Preparados? Pues que nadie se mueva.

Igual que el jabón del baño, ¡disminuye de tamaño!

¡Zas! Un potente rayo amarillo nos deslumbró y Cosmo saltó de mis manos.

De repente, los árboles del bosque parecieron crecer como gigantes. Ah, no. Éramos nosotros los que nos encogíamos como florecillas. Cada vez estábamos más y más cerca del suelo.

Y cuando ya creí que íbamos a desaparecer del todo… el rayo se apagó.

—Mola —dijo Ángela. Su voz sonó como cuando estrujas un patito de goma.

Ahora, más que brujos, parecíamos figuritas de belén. Mi varita era como un palillo de los dientes. Ninguna de nuestras mascotas medía más que un botón.

O al menos eso creía hasta que Marcus señaló algo a mi espalda. Al volverme, se me quedó la boca más abierta que la de la madriguera.

¡Una fiera gigantesca nos acechaba! Tenía grandes ojos amarillos y rugía haciendo «miaaaau».

Espera, ¿un monstruo que hace «miau»?

Vale, era Cosmo. El sinvergüenza había saltado justo a tiempo para escapar del hechizo.

—Serás cobarde —lo regañé, rezando para que no me tomara por un ratón.

Entonces él hizo algo que no me esperaba. Se tumbó en el suelo y agachó el lomo. ¡Se estaba ofreciendo a ser nuestra montura! Así podríamos explorar más rápido la madriguera.

—Te perdono —le dije, trepando como pude a su cabeza. Los demás se acomodaron a horcajadas en la espalda. Después de todo, sí que iba a cabalgar a mi gato como a un poni.

Cosmo husmeó la entrada del pasadizo. Ahora parecía enorme como el túnel de un tren.

—Arre, gatito —le susurré para darle ánimos.

Entonces, lentamente, nos internamos en

la oscuridad. El lugar apestaba a humedad y a vegetación podrida. Al menos se estaba calentito.

—¡Nino! —gritó Ángela entre las sombras.

Nada.

El pasadizo descendía entre paredes de tierra apelmazada y raíces nudosas. Aunque parecíamos dirigirnos a las profundidades, cada vez había más luz.

—Qué extraño —comentó Sarah.

El misterio quedó resuelto cuando Cosmo alcanzó la siguiente curva.

¡La madriguera estaba iluminada por diminutas antorchas! Eran ramitas encajadas en caperuzas de bellota. Ardían alegremente sobre las paredes.

O aquellos conejos eran muy listos… o allí pasaba algo rarísimo.

El palacio subterráneo

8

Según avanzábamos, la cosa se iba poniendo cada vez más fea.

O cada vez más bonita, según se mire. Y es que, además de las antorchas, en el túnel iban apareciendo otros adornos.

Hongos fluorescentes colgaban del techo. Ramilletes de flores perfumaban las esquinas. ¡Había incluso animales dibujados en las

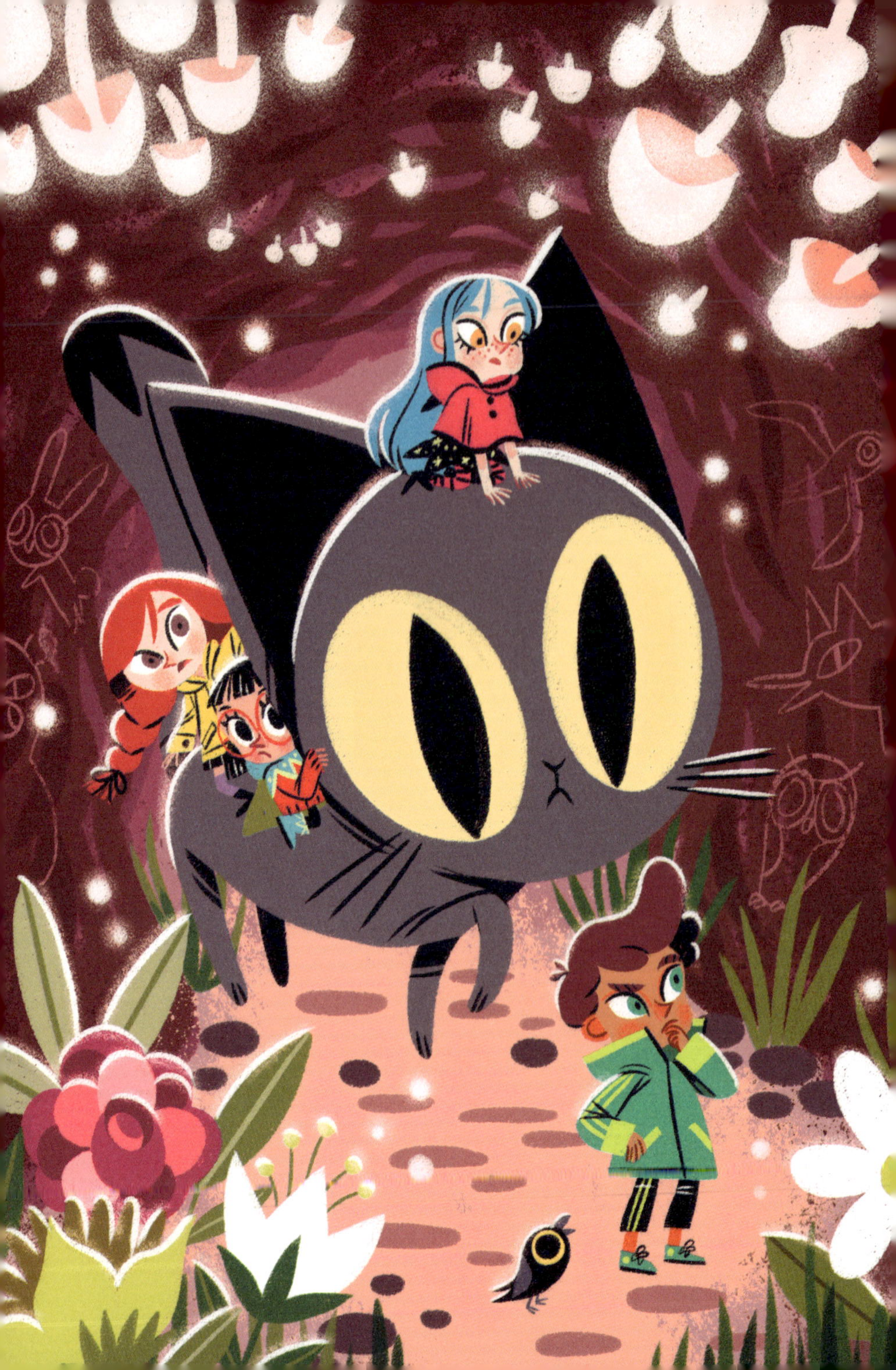

paredes! Aquello no parecía una madriguera, sino un palacio en miniatura.

Marcus descabalgó de un salto para observar de cerca las pinturas.

—Están hechas con fruta machacada —anunció.

—A lo mejor las pintó Nino —dije, por decir algo.

—No —replicó Ángela—. Creo que algo o alguien arrastró a mi hermano aquí abajo. O quizá lo convenció de que bajara.

—Me pregunto quién habrá sido —suspiró Sarah, mirando alrededor.

—Creo que pronto lo sabremos —dijo Marcus—. Oigo voces más abajo.

Llamarlas «voces» era decir mucho. Aquellos gritillos sonaban como una pelea de periquitos.

Decidimos que era mejor acercarnos a pie para no llamar la atención.

—Vuelve y espéranos arriba —ordené a mi gato, besándole el hocico.

Cosmo regresó a la superficie y nosotros avanzamos muy despacio. Así fue como llegamos a la última curva del pasadizo. Entonces, muy emocionados, nos asomamos a mirar.

El ruido procedía de una enorme caverna de donde salían más túneles. Cuando digo «enorme», quiero decir lo bastante grande para que cupiese dentro un niño. Y cuando digo «niño», quiero decir… ¡el propio Nino!

Y es que allí, justo en el centro de la cueva, estaba sentado el hermano de Ángela.

Pero no estaba solo. Decenas de ardillas lo rodeaban, parloteando alegremente.

Los animalitos lo habían rodeado de nueces, avellanas y otros frutos del bosque. El mocoso se los iba zampando con los carrillos llenos.

—Traed máz —decía él—. ¡Eztán zúper!

Entonces me fijé que en la cabeza llevaba una corona hecha de ramas y hojas.

Un momento. ¿Es que ahora aquel crío

insufrible era el rey de las ardillas o qué? ¡¿Y desde cuándo las ardillas tienen rey?!

No pude saberlo, porque entonces fue él quien nos vio a nosotros. Y no pudo callárselo.

—¡Eh! ¿Qué hacéiz aquí? —exclamó, asombrado—. ¿Y por qué zoiz tan enanoz?

Al instante, el griterío se apagó y todos se volvieron a mirarnos. Decenas de ojos brillaron en la caverna subterránea. No eran ojos amigables.

—¡Invasores! —aulló una de las ardillas, señalándonos con su garrita peluda.

Que la ardilla hablara ya me pareció raro, pero lo que ocurrió después fue peor aún.

El animal… se quitó la cabeza.

No te asustes; lo que se quitó fue la cabeza del disfraz. ¡Y es que resulta que no eran ardillas de verdad! Solo personas diminutas con trajes de ardilla. Ninguna medía más de un palmo y todas tenían caras traviesas y orejas puntiagudas.

Lo supe porque, rápidamente, las demás también empezaron a descubrirse.

Y luego, lanzaron sus cabezas contra nosotros. No veas qué puntería tenían.

—¡Que no se acerquen al rey! —gritaron mientras nos bombardeaban—. ¡Llamad a los soldados!

Estos eran igual de pequeños, pero llegaron

cabalgando erizos y empuñando lanzas. Al verlos aparecer por otro túnel, me quedé paralizada.

—¡Muévete, Anna! —me urgió Marcus, dándome un codazo.

Sí, no era mala idea.

Antes de que nos cogieran, salimos disparados por otro pasadizo. Por desgracia, aquello era un laberinto de túneles. No teníamos ni idea de cómo volver arriba. Estábamos perdiendo la poca ventaja que teníamos.

—Que alguien les lance un hechizo —rogué a mis amigos.

Podría haberlo hecho yo, pero sentía mi cabeza más vacía que la de un cazabrujas. Los gritos de nuestros perseguidores se oían cada vez más cerca.

Ya estaban a punto de pescarnos cuando alguien nos empujó hacia un agujero en la pared.

Y allí, agazapados, esperamos a que nos perdieran la pista.

Bellota

Solo cuando los soldados pasaron de largo, pudimos mirar a nuestro salvador.

Que resultó ser una salvadora. ¡Era una de aquellas mujeres diminutas! Su cabecita despeinada apenas sobresalía del disfraz de ardilla. Tenía la piel oscura y pecas blancas como estrellas.

—Muchas gracias —murmuró Sarah—. Nos has salvado la…

Ella, sin embargo, no parecía tener tiempo que perder.

—Sssh, yo de vosotros no haría ruido —dijo, llevándose un dedo a los labios—. Aún estáis en peligro.

Luego descorrió una cortina de raíces. Detrás había una especie de trampilla secreta.

Al cruzarla aparecimos frente a una escalera de caracol. Aquellos peldaños parecían excavados directamente en la madera. Sapos y culebras, ¡estábamos dentro del tronco!

—Es el camino más rápido para llegar a las ramas —dijo nuestra nueva amiga.

La pregunta era: ¿para qué queríamos llegar a las ramas?

Ella no nos dio explicaciones, sino que echó a galopar por la escalerilla. Y nosotros corrimos detrás de ella, claro. La estrecha escalera subía dando vueltas y más vueltas.

—Ay, que me voy a marear —murmuró Sarah.

—Pues sube más rápido —le aconsejó Ángela.

—¿Y acaso así no te mareas más? —objeté yo.

—Sí, pero es más divertido —resopló Ángela.

—¡Creo que veo la luz de la luna! —anunció Marcus, que iba en primer lugar.

En efecto, la escalera desembocaba fuera, en lo alto del árbol. Desde allí saltamos a una de las ramas. Vaya vértigo. Y yo sin mi patinete volador.

—¿Veis? —La sonrisa de la chica brilló bajo las estrellas—. Ya estamos en mi casa.

Aunque lo llamó «casa», parecía un nido de pájaros. Nos dejamos caer encima como gorriones agotados. Me dolía hasta la punta de la varita, pero al menos la noche se había

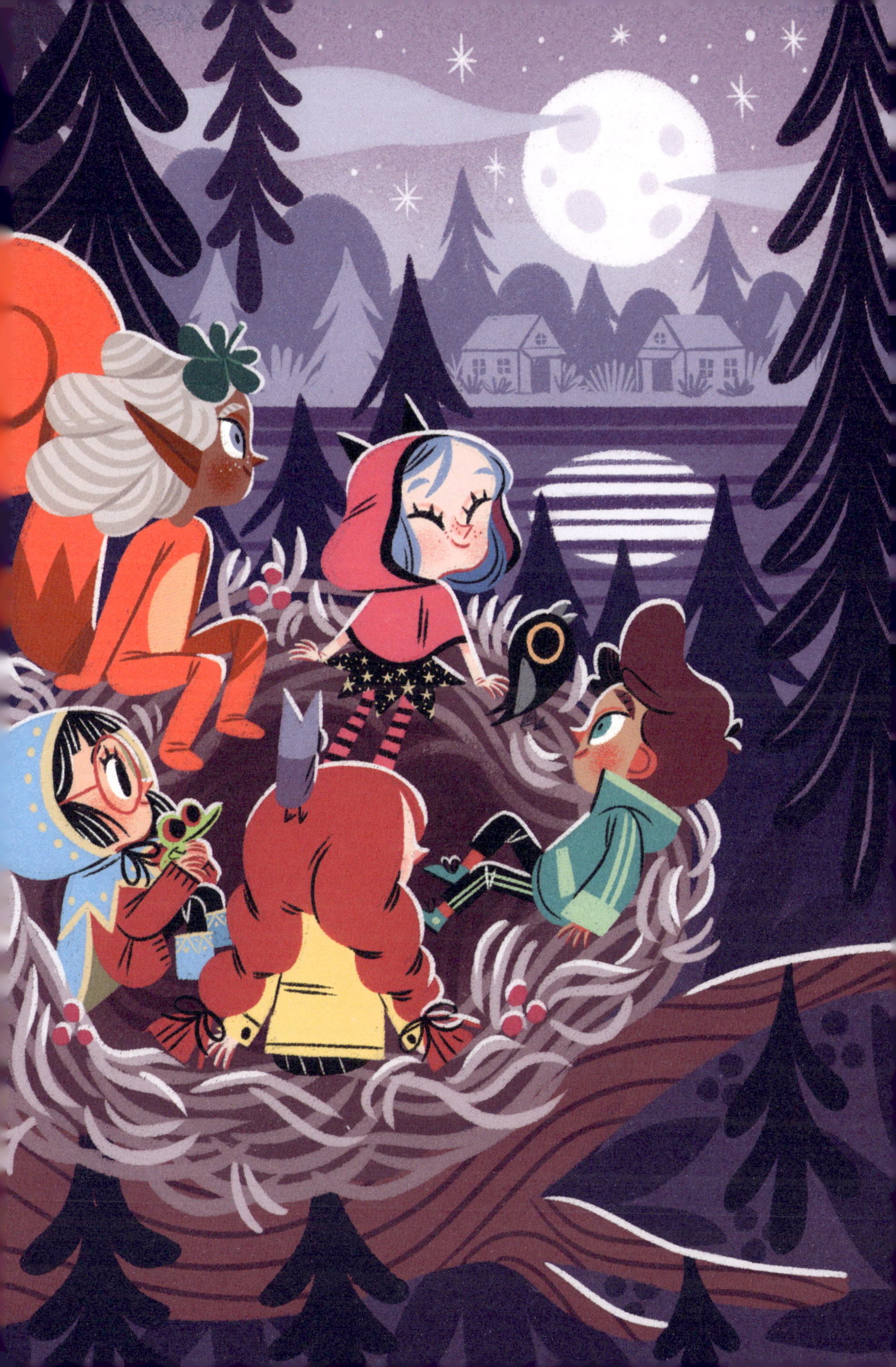

despejado. Las vistas desde la rama eran preciosas. Sobre el lago bailaba el reflejo de la luna.

Mientras nosotros descansábamos, nuestra pequeña amiga se quitó el disfraz. Debajo solo llevaba un traje ligero de hojas cosidas.

—Encantada de conoceros —dijo, llevándose la mano al pecho—. Me llamo Bellota.

—Eh… —titubeó Marcus—. Qué nombre tan chulo.

—Gracias —sonrió—. Todos los duendes tenemos nombres así: Musgo, Corteza, Semilla, Nuez…

—¡¿Duendes?! —exclamó Sarah—. Creí que los duendes jamás se mostraban ante los humanos.

Bellota se recostó y se puso a remendar su disfraz con una aguja de pino.

—A nosotros no nos gusta vivir siempre escondidos —suspiró ella—. Por eso tejemos disfraces de ardilla. Con ellos podemos salir a jugar por ahí sin llamar la atención.

—Y también os gusta raptar a niños pequeños, ¿no? —preguntó Ángela, mosqueada.

—¿Raptarlos? —sonrió Bellota—. A Nino lo

recogimos muerto de frío al pie del sauce. Lo hemos abrigado y alimentado en nuestro palacio subterráneo.

—Pues es mi hermano —replicó Ángela—. Devolvédmelo.

—Me temo que no puede ser —suspiró Bellota—. El bosque está muy enfadado con los humanos.

Lo sabía. Sabía que el bosque estaba furioso con nosotros. Lo que no sabía era por qué.

—Por capturar a nuestro rey y meterlo en una jaula —dijo la chica duende.

«Atiza», pensé. ¡Bellota se refería a la preciosa ardilla dorada! Por eso su disfraz era tan bonito y brillante. Porque en realidad dentro se ocultaba un rey.

—Así es —repuso Bellota cuando lo dije en

voz alta—. Mientras los humanos no nos lo devuelvan, Nino se quedará en la madriguera. ¡Han decidido que sea nuestro nuevo rey!

Sentí que un hormigueo me recorría el cuerpo. O quizá eran los bichitos que correteaban por el nido. Bueno, más que bichitos, eran bichazos.

—¡Pero nosotros no fuimos los que lo cazamos! —protesté.

—Ya lo sé —repuso Bellota—. Os conozco. Por eso quise ayudaros.

—¿Nos conoces? —preguntó Marcus.

—Sí —nos sonrió—. Yo era la ardilla que os vio llegar ayer por la ventana. Sé que no sois malos. Por desgracia, algunos duendes os vieron junto a los chicos que atraparon al rey.

O sea, que la culpa de todo la tenía Oliver Dark. ¡Menuda novedad!

—¿Y qué hacemos para que nos devuelvan a Nino? —preguntó Ángela.

—Liberad al auténtico rey —respondió ella—, y tu hermano será libre.

Una escoba a medida

10

Amanecía cuando la sombra de un gato cruzó el bosque al galope.

Aquel gato era Cosmo, claro. Y encima íbamos nosotros pegando botes.

—¡Corre! —exclamé, al sentir el primer rayo de sol—. ¡Va a hacerse de día!

Saltamos por la ventana de nuestra cabaña justo a tiempo. Si llegamos a tardar un minuto más, algún niño madrugador nos habría descubierto.

Ahora estábamos a salvo en nuestra pequeña choza… que de repente parecía gigante.

—Vaya nochecita —dijo Sarah, dejándose caer entre las patas de Cosmo.

—Podríamos dormir un rato —propuso Marcus.

Yo no dije nada. Ya estaba acurrucada dentro de una zapatilla.

Entonces Ángela sacó un tenedor de la cesta de pícnic… y amenazó con pincharnos el trasero si nos dormíamos.

—Nada de siestas, brujipanda —exclamó—. Hay que rescatar a esa ardilla dorada ahora.

Uf. Qué ganas de que acabasen las vacaciones para poder descansar un poco.

—Tienes razón —bostezó Sarah—. Pero antes debemos volver a nuestro tamaño. Si no, ni siquiera podremos llegar hasta Oliver. Debe de tener la ardilla escondida en su cabaña.

Sin perder tiempo, nos juntamos en el centro de la habitación. Entonces Sarah nos apuntó una vez más con su varita. Luego pronunció el hechizo para desencantarnos:

Igual que al sol crece el grano, ¡dejarás de ser enano!

De inmediato, ¡zas!, otro rayo dorado y brillante nos deslumbró.

Muy dorado y brillante, sí, pero no nos había hecho absolutamente nada. Ni siquiera cosquillas.

—¿Qué ha pasado? —preguntó Marcus, mirándonos—. Hasta las mascotas siguen siendo canijas.

—Lo sabía —gimió Sarah—. ¡Sabía que habría problemas! El hechizo encogedor nos hizo pequeños, pero el conjuro para deshacerlo no funciona con nosotros.

—Entonces ¿qué hacemos? —pregunté, desesperada.

A ver cómo les explicaba a mis padres que iba a tener que bañarme el resto de mi vida en el fregadero.

Rápidamente, Sarah sacó su enorme diario mágico de la mochila y consultó sus apuntes. A continuación, suspiró de alivio.

—Vale, creo que los efectos serán temporales —dijo—. Pero vamos a tener que esperar un poco para que desaparezcan.

—Y un jamón hechizado —gruñó Ángela—. No podemos abandonar a mi hermano en ese agujero.

Ya, pero tampoco podíamos poner un pie fuera. Seguro que acabaríamos espachurrados por algún despistado. Y probablemente ese despistado sería Ronald.

—No hace falta poner ningún pie fuera —sonrió Marcus.

—¿Y cómo llegamos hasta Oliver? —preguntó Ángela—. ¿Haciendo el pino?

—No —repuso Marcus, y luego saltó a la mochila de Sarah. Después tiró de la cremallera del bolsillo para abrirlo.

—Eh —se enfadó Sarah.

—Perdona —dijo él—. Solo quería sacar esto. Nos servirá para atravesar el campamento.

Marcus sostenía entre las manos… ¡la pequeña escoba voladora! La misma que Sarah había encogido para viajar más cómodamente.

Resulta que era perfecta para nuestro nuevo tamaño.

O eso pensé hasta que tuvimos que apretujarnos todos encima de ella. Parecíamos un pincho moruno. Globo, Cruela y Mr. Rayo se acomodaron donde pudieron. El único que de ningún modo podía acompañarnos era Cosmo.

—Tú vigila la cabaña por si pasa algo —le pedí.

Pues no tardó ni tres segundos en quedarse dormido. Se parece demasiado a mí.

—Preparaos —ordenó Sarah, intentando mantener el equilibrio.

—¡Preparados! —le respondimos.

Entonces pegó una patada en el suelo, y la escoba se elevó unos centímetros. Éramos tantos a bordo que por poco nos fuimos a pique.

Por suerte, Sarah es una conductora excelente y pronto recuperó el control.

—¡Venga! —la animamos—. ¡Lo estás logrando!

Segundos después, nuestro vehículo salió como una flecha por la ventana abierta.

Enjaulada

11

La cabaña que ocupaba Oliver estaba al otro lado del campamento. O sea, que el modo más rápido de llegar a ella era cruzar volando el lago.

Creo que los patos debieron de tomarnos por una libélula gigante. Lo sé porque no dejaban de lanzarnos picotazos. Sarah los esquivaba haciendo eses.

—¡Más alto! —grité—. ¡Que nos zampan!

—¡Más rápido! —gritó Ángela—. ¡Que no llegamos!

—¡Más bajo! —gritó Marcus—. ¡Que ahí está la cabaña de Oliver!

Sarah aterrizó sobre el alféizar con un gruñido de fastidio y con un derrape. Tuvimos suerte de que la ventana estuviera abierta. Pero aún tuvimos más suerte de que ni Oliver ni sus compañeros estuvieran dentro. Seguramente seguían desayunando en el comedor.

Con mucho cuidado, saltamos desde el alféizar a una de las camas. Luego trepamos a la almohada para examinar la cabaña.

—Sapos y culebras —murmuré, llena de asombro.

No es que hubiera sapos y culebras, claro, pero era lo único que faltaba. Aquello estaba a rebosar de ropa sucia, latas vacías, papeles arrugados… y hasta un trozo de pizza sobre la lámpara.

Además de un cazabrujas, Oliver Dark era un cochino.

—¿Alguien ve la jaula? —pregunté.

—Ahí —respondió Ángela, dando saltos como un canguro—. En aquel rincón.

En efecto. Y allí, dentro de la enorme y vieja pajarera, se hallaba la ardilla dorada.

Mejor dicho, el rey de los duendes disfrazado de ardilla.

La pobre criatura estaba acurrucada entre un montón de chicles y cáscaras de pipas. Oliver la había estado alimentando con porquerías.

—Majestad —murmuró Sarah, siempre tan educada—. Venimos a buscarle.

La ardilla, sin embargo, ni siquiera se movió.

—¿Habremos llegado demasiado tarde? —preguntó Marcus con voz temblorosa.

Entonces yo saqué mi varita de las medias, apunté a la puertecilla y recité:

> Por el agua del mar
> y la arena del desierto,
> por mis poderes de bruja...
> ¡Quiero verte abierto!

El cerrojo saltó con un chasquido y la jaula se abrió. Como el rey seguía sin moverse, tomé una difícil decisión: entrar a buscarlo.

—Eh, oiga —susurré, esquivando los chicles pegados—. ¿Está bien?

De pronto, su majestad pegó tal brinco que casi me caigo del susto.

—¡¿Quiénes sois?! —preguntó, tan asustado como yo—. ¿Sois duendes?

—No, pero somos amigos —juró Sarah—. Hemos venido a rescatarle… si le parece bien.

Por suerte, el rey dejó que lo ayudáramos a salir de la jaula. Sin embargo, cuando quise seguirlo, noté que algo me retenía. ¡Me había quedado pegada a un chicle!

Pero eso no fue lo peor. Lo peor fue que en aquel momento la puerta de la cabaña se abrió.

¡Oliver Dark regresaba de su desayuno!

Sin perder tiempo, los demás salieron pitando con el rey. A ese ritmo no tardarían en llegar a la ventana. Yo, en cambio, solo pude agazaparme dentro de la jaula.

De una patada, Oliver se quitó una zapatilla. Luego, la otra. Después comenzó a acercarse silbando una cancioncilla. Un poco más y me descubriría.

Menos mal que en aquel momento, la puerta de la cabaña volvió a abrirse.

—Hola —oí decir al abusón de malos modos—. ¿Qué haces tú aquí?

—Buenos días, Oliver —respondió la voz de

Ronald, el monitor—. Estoy buscando a Anna Green y sus amigos. No se han presentado al desayuno y creo que tú los conoces. ¿Sabes dónde están?

—Ni lo sé ni me importa —respondió el abusón.

Ay, si supiera que yo estaba allí mismo, temblando de miedo.

O quizá no era solo de miedo. Había algo más, como unas cosquillas recorriendo mi cuerpo. Una especie de burbujeo que casi parecía magia.

Espera, ¿magia? ¡Los efectos del hechizo encogedor estaban desapareciendo!

Y así, de golpe y porrazo, empecé a crecer. Y a crecer. Y a crecer más y más. En un momento, mis brazos y mis piernas chocaron con los barrotes. Agh, qué dolor.

Fue entonces cuando Ronald me vio atrapada en la jaula como un pájaro gigante.

—Oliver Dark —murmuró—. ¡Esta vez la broma se te ha ido de las manos!

Vuelta a casa

12

Me sacaron de allí más arrugada que el codo de una momia.

Ronald no se paró a pensar cómo podía haberme enjaulado Oliver. Lo que hizo fue prohibirle que se acercara a nosotros durante el resto de las vacaciones.

—¡Pero yo no he sido! —protestó el abusón—. ¡Esa jaula era para cazar ardillas!

—¡¿Para cazar ardillas?! —exclamó el monitor, más rojo que un tomate al sol.

Vale, por una vez Oliver no era culpable. Pero le estaba bien empleado por encerrar animales indefensos, ¿no?

Nada más salir de allí, corrí a buscar a los otros. Me estaban esperando al pie de la ventana. Tuve mucho cuidado de no pisarlos.

—Coge a tus amigos —me pidió el rey de los duendes—. Y esperad en vuestra cabaña.

No me atreví a desobedecer. ¡Así que tuve que llevar a toda mi pandilla en el bolsillo!

Uno a uno, también ellos y las mascotas recuperaron su tamaño. Menos mal que lo hicieron cuando nadie estaba mirando. Sin embargo, las horas pasaban y no teníamos noticias de Nino ni de los duendes.

—Mira que si nos han engañado…

—comentó Sarah cuando empezó a anochecer.

Fue entonces cuando alguien llamó a la puerta y yo fui a abrir.

—¿Puedo pazar o zoy demaziado plazta?

Era Nino. Me puse tan contenta de verlo que hasta lo abracé.

—Adelante —sonreí, y luego quise cerrar la puerta.

—Ezpera —replicó él—. Que no vengo zolo.

¡Lo acompañaban un montón de ardillas! Bueno, solo fueron ardillas hasta que echamos el cerrojo y corrimos las cortinas. Entonces se quitaron sus disfraces… y empezó la fiesta.

Los duendes venían cargados de nueces, arándanos y fresas rellenas de miel. Qué gusto ser grandes otra vez para comérselo todo.

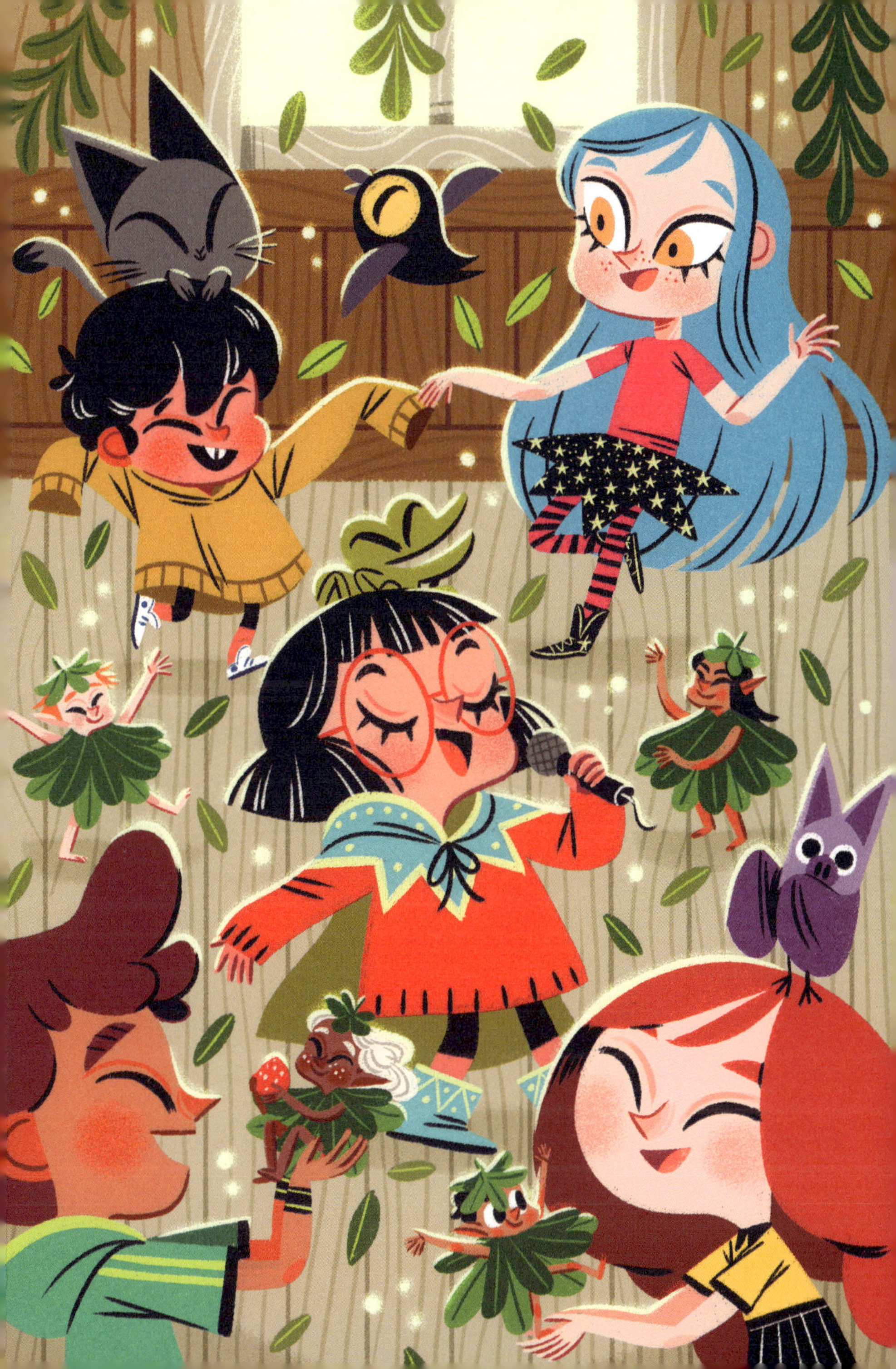

El rey resultó ser un duende de barba rubia y esponjosa. Tan rubia y esponjosa como su disfraz. Después de hacer unas cuantas acrobacias, aterrizó sobre la cama y nos dijo:

—Muchas gracias por liberarme. Perdonad si mi pueblo os juzgó mal.

—No todos —replicó Marcus, señalando a Bellota.

Ella se puso colorada hasta la punta de las orejas.

La chica duende siguió viniendo a saludarnos cada mañana. Luego nos íbamos por ahí a explorar madrigueras, a recoger moras o a tostar chucherías en una hoguera. No hicimos ninguna de las cosas mágicas que teníamos pensadas. Y el caso es que a nadie le importó.

Nosotros también habíamos juzgado mal a Nino. Aunque no tuviera magia, era muy divertido.

—Puez a mí me guztaría zer brujo como vozotroz —nos dijo un día.

Entonces Ángela cogió el palo con el que pinchaba sus dulces y se lo entregó.

—Toma, enano —le dijo—. Aquí tienes tu varita mágica.

—¿Ezto? —dijo él, apuntándonos con ella—. ¿Y puedo paralizaroz con ezto?

Qué contento se puso cuando todos fingimos quedarnos congelados.

Y así, entre excursiones y falsos conjuros, fueron pasando las vacaciones. A veces Oliver me miraba con cara de extrañeza, pero en fin... ¡Así es la vida de una bruja!

Por fin terminó la semana y llegó el día de irnos. Nos dio mucha pena cuando nuestro tren se puso en marcha. Parecía que, en lugar de a casa, íbamos a un funeral.

Menos mal que tenía mi conjuro *Alucina Pegatinas* para entretenernos. Nos pasamos el viaje decorando los diarios con un montón de adhesivos mágicos.

Antes de darnos cuenta, ya habíamos llegado a la estación de Moonville.

—Oye —le susurró Sarah a Nino—. Recuerda,

lo de la magia es secreto. No puedes contárselo a nadie.

—Que zíííí —contestó él.

Nuestras familias ya nos estaban esperando en el andén.

—Hola, caracolas —nos sonrió la abuela de Ángela—. ¿Qué tal lo has pasado, Nino?

—Ha zido genial —respondió él—. Ahora zoy brujo como elloz, y eztuve con loz duendez, y me nombraron rey, y tengo una varita mágica y puedo paralizarloz a todoz.

Ay, mi madre. Por lo visto lo que no podía paralizar era su lengua.

Se produjo un momento de silencio. Después todos se echaron a reír.

—Cuánta fantasía tiene este niño —opinó mi padre—. Y los demás ¿cómo lo habéis pasado?

—¿Nosotros? —pregunté.

Y todos gritamos a la vez:

—¡Zúper!

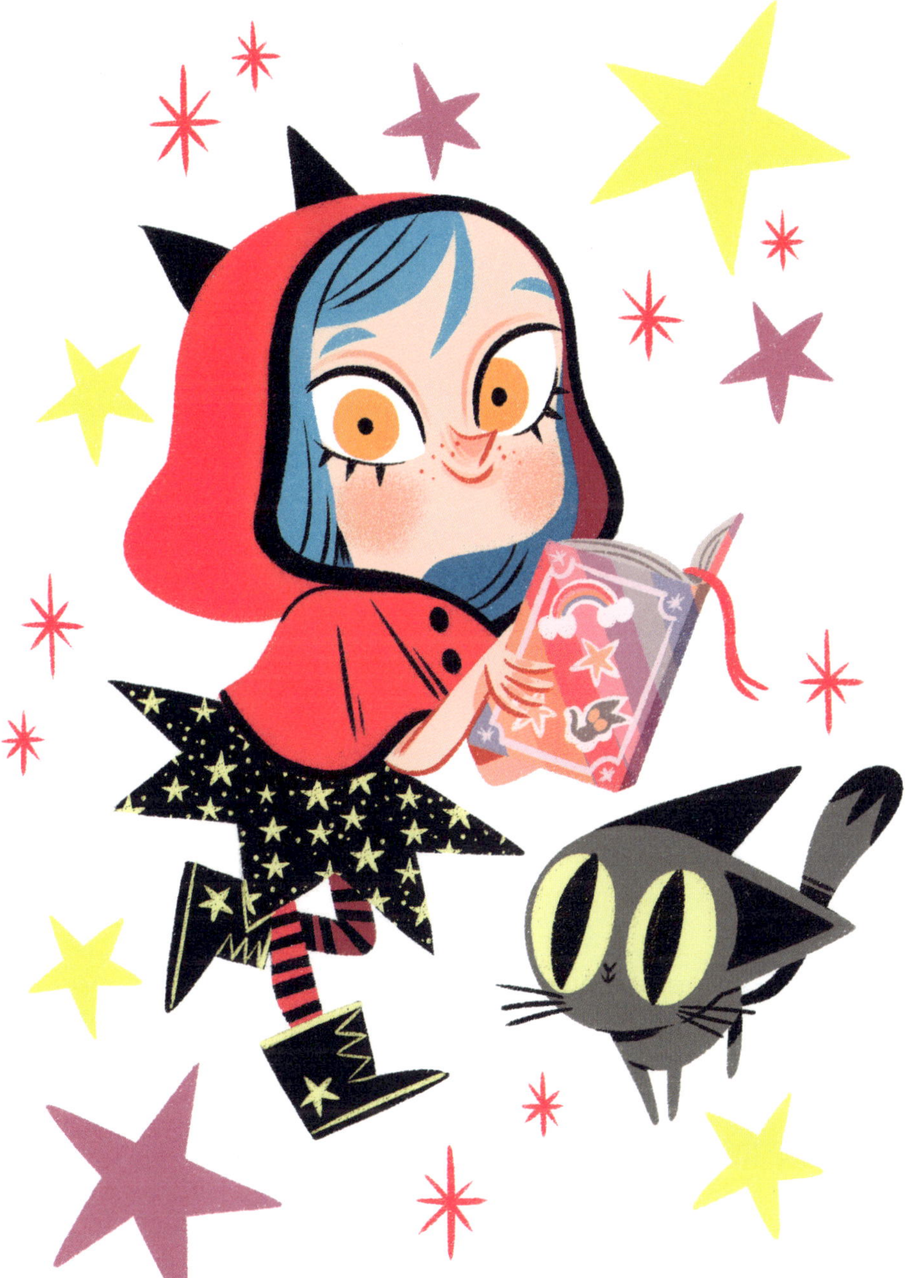

¡No te pierdas ningún libro de la colección!

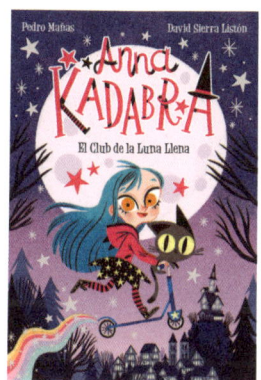

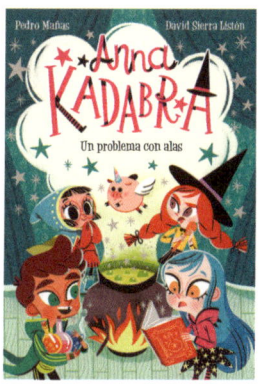

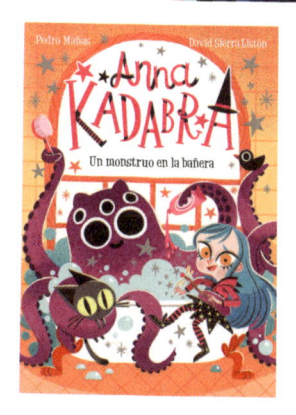

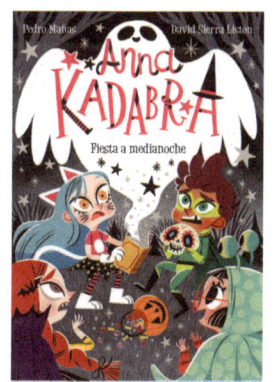

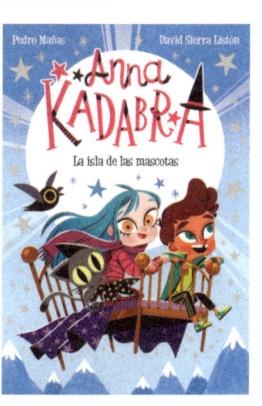

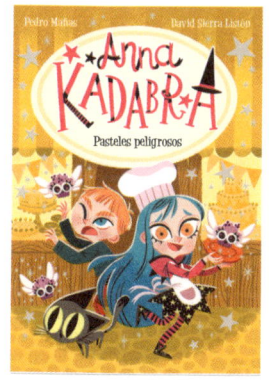